キャット マジック タロット

星みわーる
イラスト　大原隆幸

郁朋社

まえがき

　このタロットは、占い用に使うためだけでなく、1日のひととき、心を休めたい時のために作りました。

　まず22枚を眺めて、お気に入りの1枚を決めましょう。心が疲れた時は、枕の下に置いたり、鞄の中に入れたりしてください。カードの中のキャットが優しく癒してくれます。

　このキャットはただの猫ではありません。ずっと占い師を続けて4年前に帰天したアル・カマル・ミミという天才猫をモデルにしています。彼女は心根が優しく純粋な猫でした。いつも人々の幸せを願い、一片の邪心も抱いていませんでした。

　実は、作成している間に、ミミがこの世を去り、その後を、プリンセス・マリという若い猫がモデルを引き継ぎました。彼女もまた、好奇心でいっぱいの生命力あふれる猫です。

　ミミからは幸せへの祈り、マリからはこれからの希望を贈りたいと思います。

　どうぞ皆様のかたわらで可愛がってあげてください。

星みわーる

占い用に使う場合のそれぞれのカードの意味を簡単にお知らせします。カードの意味は、ライダー版に基づいています。詳しく知りたい方は、ライダー版の解説書（啓示タロット、皆伝タロット、自在タロットなど）をお読みください。

カードの意味

00番	愚者	正位置	冒険、チャレンジ、可能性、未来
		逆位置	無鉄砲、無計画、荒唐無稽
01番	魔術師	正位置	創造、始まり、イニシアティブをとる
		逆位置	偽り、ごまかし、工夫がない
02番	女教皇	正位置	理性的、頭脳明晰、冷静
		逆位置	理屈に合わない、狭量
03番	女帝	正位置	何でも受け入れる、大らか、豊か
		逆位置	ワガママ、だらしない
04番	皇帝	正位置	リーダーシップがある、責任感が強い、率先して行動する
		逆位置	自信がない、無責任、弱気
05番	法王	正位置	伝統を重んじる、年長者を尊重、型にはまる
		逆位置	習慣に従わない、型破り
06番	恋人たち	正位置	良い選択ができる、楽しく過ごす
		逆位置	選択ができない、優柔不断
07番	戦車	正位置	積極的、行動的、旅行
		逆位置	コントロールができない、暴走
08番	力	正位置	意志の強さ、柔は剛を制す
		逆位置	意志薄弱、自信のなさ
09番	隠者	正位置	知恵がある、大人の判断ができる
		逆位置	心を閉ざす、独断に走る

番号	カード	位置	意味
10番	運命の輪	正位置	チャンスが訪れる、タイミングが合う
		逆位置	タイミングが合わない、動くときではない
11番	正義	正位置	公明正大、ギブ＆テイクができる
		逆位置	偏った見方しかできない、誤った判断をする
12番	吊るされた男	正位置	自分を殺して人を生かす、辛抱強さ
		逆位置	無駄に自己犠牲してしまう、辛抱が足りない
13番	死神	正位置	すべてを一新する、新しい始まり
		逆位置	なかなか終わらない、復活もあり得る
14番	節制	正位置	バランスが取れる、中庸をいく
		逆位置	ぎくしゃくする、バランスがくずれる
15番	悪魔	正位置	自分を縛ってしまう、抗しがたい魅力に囚われる
		逆位置	自己解放できる、囚われた考え方から自由になる
16番	塔	正位置	自己改革、青天の霹靂
		逆位置	ストレスがたまる、他者から迷惑を被る
17番	星	正位置	希望がかなう、理想をいだく
		逆位置	悲観的になる、理想が高すぎる
18番	月	正位置	真実が隠されている、憂鬱になる
		逆位置	本当のことが分かる、復調する
19番	太陽	正位置	成果が上がる、歓喜、成功
		逆位置	エネルギー不足、現状に満足できない
20番	審判	正位置	目覚めが来る、復活する
		逆位置	意識が低い、自覚が足りない
21番	世界	正位置	完成する、完璧
		逆位置	マンネリ化、完遂できない

正位置：上下の向きが正しい状態　　逆位置：上下逆さまの状態

簡単な占い方

1枚引き

たとえば、明日のサッカーの試合で、日本チームが勝つかどうか知りたい時、正位置をYes、逆位置をNoとします。

そこで、22枚のカードをよく切って、1枚取り出し、それが正位置であれば勝ちで、逆位置だと負けです。

Yes、Noだけで判断できる事柄に使えます。

3枚引き

カードをよく切って、左から3枚並べます。過去、現在、未来の順になります。問題について過去の経緯、現在の状況、未来の予想になります。

未来があまりよくないようだったら、1枚アドバイスカードを取り出します。アドバイスカードは、正・逆を問いません。

たとえば、「彼との恋愛の今後はどうなるかしら」という質問があった場合、次のカードが出ると、

　　　　過去　「皇帝」　　　逆位置
　　　　現在　「恋人たち」　正位置
　　　　未来　「太陽」　　　逆位置

解釈の例：彼はあんまり積極的ではなく、あなたの方が引っ張ってきたようですが、今は対等な関係が築けていて、何でも分かり合えています。けれども、近い将来、これでいいのかなという疑問が湧いてきてしまいます。

未来に対してアドバイスカードを引くと、それは「愚者」。

解釈の例：マンネリ化を打破しましょう。二人で新しい趣味を始めたり、難しい試験にチャレンジしたり、これまでになかったことをするのがポイントです。

0 愚者

ぼくは遠くに旅立つ。これから何が起こるのか分からない。胸はどきどきしている。きっとすばらしいことに出会うに違いない。

I 魔術師

ぼくはものを創り出す。基本のものさえあれば大丈夫さ。火と水と風と地。まるで錬金術師のように、今までにないものを生み出すのだ。

II 女教皇

これから秘密の知恵を学びに行くの。選ばれたものしか、得られない知識よ。誰もが見られるわけじゃない。じっくり学ぼうよ。

III 女帝

楽しいことが好き。美味しいものも好き。さあ、皆で果物をほおばりましょうよ。こんなにたくさん自然に恵まれているのだから。

IV 皇帝

決める時は決める。それがわたしの流儀なのだ。賛同するものは、後についてきてくれ。そうすれば、道を迷わないで済むよ。

V 法王

これまで祖先が作りあげてきた伝統を守ろうじゃないか。その中には、見習うべき優れたものが多い。新しいものばかりがいいわけじゃない。

VI 恋人たち

さあ、どっちを選ぶのかな。見かけがいい方？ それとも中身がありそうな方？ 良い選択をするのは難しい。心の声をきちんと聞こう。

VII 戦車

対立した二つのものをうまく使う。それはお手のものだ。それだから、大きな力が出てくるのさ。同じ種類だと効果が薄い。

Ⅷ 力

最後に勝つのは、気持の問題。相手をよく見て、耐えること、待つこと、優しくすること。強いものはいつも優しいのだ。

IX 隠者

言葉を多くしても本当のことは伝わらないのだ。ずっと見ていること、静かに考えること。沈黙が雄弁だって知っているかい？

X 運命の輪

何が起こるかなんて分からない。でもきっといいことがあるに違いない。だって今、いい波が来ているのだもの。これに乗らない手はないさ。

XI 正義

わたしの目は節穴じゃない。どんなに真実を隠そうとも、宇宙の法則は知っている。本物を見つけるのはその秤(はかり)だけなのだから。

XII 吊るされた男

じっと動きを止めてみよう。自然の中から囁きが聞こえてくる。何が本当なのか、何が必要なのか。時間は流れ、新しい自分が生まれる。

XIII 死神

過去を振り返るのはもう終わり。何もなかったことにしてみる。しがらみなんて、無視すればいいだけさ。何でもゼロから始まるのだから。

XIV 節制

世の中で一番必要なこと、でも一番むずかしいこと。それはバランスを取ることなのだ。どこがおもりの中心点なのか、ずっと探していこう。

XV 悪魔

この身が滅びようと、どうでもいい。美しいもの、魅力的なもの、好きなものは逃すことはできない。どこまでも、どこまでも追いかけていくのさ。

XVI 塔

ああ！　こんなはずではなかった。何がいけなかったのだろう。あっというまに落ちていく。すべてが壊れていく。そうか、これが再生の一歩なのだな。

XVII 星

澄んだ空気の向こうにきらりと見えるのは何？　あなたの中の宝がそのまま存在している。美しいものはみな、そこに映るのだ。

XVIII 月

この道は通ったことのない道。何て遠いのだ！　本当のことを知るのがこんなに大変だなんて思いもしなかった。心で感じて歩みを進めよう。

XIX 太陽

それなしでは生きられない。すべてを成長させ、暖かく見守る存在。後押しをしてもらえば、何だってできるのだ。さあ行こう！

XX 審判

その日をずっと待っていた。プラスもマイナスも、白も黒もどうでもいい。遠くから、これまでの善も悪も裁かれるのだから。

XXI 世界

これ以上は何もない。なぜならすべてがそこにあるから。何者も変えられない完璧な姿。とうとうあなたの旅もここで終わる。

 ## あとがき

　アル・カマル・ミミは私にとって特別な猫でした。このような猫とは二度と出会えないだろうという勘が働き、何かの形で記念に残したかったのです。そこで、猫タロットを作ったらどうだろうという案が浮かびました。

　そこへ現れたのが友人の智子さん。「ねえ、この人の絵どう？」と、大原隆幸さんの絵本を見せてくれたのです。大原さんは既に絵本を出していらっしゃいました。「何かに使えないかな」。智子さんは大原さんの才能をもっと世に知らせる方法はないか、考えあぐねていたのです。

　そこで何気なく「猫のタロットとか描かないかな」とつぶやいたところ、智子さん経由、ミミの写真が渡り、大原さんがすぐ「魔術師」の案を送ってくださいました。その絵を見て何と可愛いのだろうと感激したものです。こうして、ずっと2年以上、やりとりをしながら、工夫に工夫を重ねて描いていただいたのがこのタロットです。

　そして不思議なことに、最初ミミに似ていた猫が、だんだんマリに似てきたのでした。カードによって、思慮深く落ち着いた猫に見えたり、やんちゃな感じの猫に見えたりするのは、そのせいなのです。

　それにしても、大原さんがいなければ、この企画も実現しなかっただろうと思います。タロットだけでなく、大原さんを世に送り出すことも私の使命だったのかもしれません。本当に可愛らしいタロットを創り出してくださった大原隆幸さん、そして仲介してくださった智子さん、企画を通してくださった郁朋社の佐藤社長には、心から感謝をしております。

　どうかキャットマジックタロットとともに皆さまに平和と幸せが訪れますように。

2014年11月吉日

 **プロフィール**

著者　星みわーる

上智大学仏文科卒。長らくインターネット上で活躍する猫占い師、アル・カマル・ミミの後見人を務め、ミミ帰天後は週間タロット占いを引き継ぐ。イーデン・グレイ三部作「啓示タロット」「皆伝タロット」「自在タロット」及びコレット・シルヴェストル・アエベルレ著「マルセイユ版タロットのABC」を翻訳（すべて郁朋社刊）。現在、アル・カマル・ミミの後継者ながらも体育会系のため勉強嫌いなプリンセス・マリを訓練中。

イラストレーター　大原隆幸

本業のかたわら、主に猫をモチーフとしたイラストの創作を続ける。星みわーると出会い、今回初めて本格的に挿絵を手掛ける。2005年に絵本「小さな魔法使いのお話」（星雲社刊）を出版。

キャットマジックタロット

2015年3月13日　第1刷発行

著　者 ── 星 みわーる
　　　　　　　ほし

発行者 ── 佐藤　聡

発行所 ── 株式会社 郁朋社
　　　　　　　　　　　いくほうしゃ

　　　　　〒101-0061　東京都千代田区三崎町2-20-4
　　　　　電　話　03（3234）8923（代表）
　　　　　ＦＡＸ　03（3234）3948
　　　　　振　替　00160-5-100328

印刷・製本 ── 日本ハイコム株式会社

イラスト ── 大原 隆幸

装　丁 ── 根本 比奈子

落丁、乱丁本はお取り替え致します。

郁朋社ホームページアドレス　http://www.ikuhousha.com
この本に関するご意見・ご感想をメールでお寄せいただく際は、
comment@ikuhousha.com　までお願い致します。

©2015 MIWARU HOSHI　Printed in Japan　ISBN978-4-87302-598-8 C0098